目次

夕間暮れに見た白い花

ある春の日

はぐれ雲ひとつない青空の
風の吹き荒ぶ日
ベランダから見あげると
空いっぱいの飛行機雲
東から西、西から東へと
縞模様がたなびいている
暇つぶしなのか
大空にいたずら描きをしている

あまりの多さに怖くなったが
機影もなくなにも起きてはいないのだろう
吹き飛ばされもしないで
ぼやけながらたゆたっている
うつつ世の春

微かにぺんぺん草の音が聞こえてくる
白い花が一面に咲いている原っぱ
しゃがむ母親と幼い娘が向き合い
抱えきれない春を
胸いっぱいに吸いこみ
お互いの耳元へ手をかざし擦り合わせて
緑の音を聞いている
その掌は祈りの形に似て
すべての生きものが健やかでありますようにと

言っているのは天に召された母だから
聞いているのは私
それともいっしょに言っていたのか
青空色のおおいぬのふぐりの花が
風に飛ばされ散り散りに消えていった
あっという間のことだった

呼んでいる

視野の片隅で
柔らかく
何度も手招きするので
誰かが呼んでいるのかと
窓の外を見ると
木蓮が微かな風に
透ける緑の
葉をくねらせている

塀際の狭いところで
堅い樫の葉に押され
消えてしまったと諦めていたが
大きく育てた葉を抱えて
生き延びていた
根を地面に這わせ
居場所を見つけたのか
しっかりと立っている

生きたいと
焦っているわけでもなく
縋っているわけでもない
ただその形を変え
大木にはなれなくても
生きている

思いがけず
ゆかりもない
私に届いた
手招きは
緑へと
深い森へのとばくちに
その先へと
誘ってくれたようでもありました

夕間暮れに見た白い花

思いの丈を書き綴った分厚い封筒を抱えて
郵便局へと歩きだしたが
無表情な局員が私の鼻先で
ぴしゃりと扉を閉めた
間に合いそうな時間に家を出たが

小道沿いの流れに気をとられ
小石を投げこんではその波紋を眺めていた

初めて見た白い花に惹かれ
藪にしゃがみこみ花を葉を茎を観ていた
いつものことなのだが

行く先を忘れたわけではない
いずれ終わってしまう
時間の外にいるこの至福のひとときは
なにも考えずに
存在さえなくしてしまう行為なのだ

思いの丈など埋めてしまえばいい
誰に伝えようとしたのか
誰にわかってほしかったのか
闇をすり抜けられるわけもなく
本当の闇が迫ってくる

時間から
半ば逃げるように
外へ外へと街を大きく一周しかけると
帰らないという選択肢もあるのだと
誰かに背中を押された気がしたが

仕上がりの時間を逆算して
いつもどおりに夕餉の支度にとりかかる
家族団欒のとき
上の空で話を聞いているのは
あのひとときにいるから

私の笑顔は
夕間暮れに見た青白く輝く
あの四弁の花に向けられ
深く呼吸をすると

思いの丈は外へと押し出された

一輪の朱い花

坂を下りると
ミュージシャンふうの若い男が
目の前を横切っていく
また水をあけられるのではないかと
背筋を伸ばしすたすた歩いてみせると
いつのまにか追い越していた
先の尖った派手な靴を引きずり
ギターケースをこつんこつんとさせて
黒ずくめのかれはどこか上の空で歩いている

蜘蛛の巣を払いながら家の周りを回ると
庭の片隅にあるはずのない朱い花が咲いている
すっきりと一輪きりの曼珠沙華は
母の血の色にみえ
カレンダーを三月めくった
見ないふりをしていた山積みになっている机の
期限切れのお知らせの類い
返事を書きたいと思っている手紙
決めなければならない決めたくないこと
すべてを整理して定位置に置いただけだが
今日は足取りも軽い

駅前の市政窓口でまたかれに出会った
私の後をついてきたのだ
滞納はいけませんよと叱られ

はいと答えていた
私は生きている証の現況届に捺印してもらって
ご苦労様と言われたが
滞納しているかれも現況届の私も
どうして本人だとわかるのだろう
抜け殻かも知れないのに

払えない蜘蛛の巣をそのままに
深い川に沿って進んでゆくと
白いもの朱いもの
群れているもの一輪だけのもの
枝も葉も節もない
曼珠沙華は刹那の花火をくり広げている

小石で囲っておいた
一輪だけの朱い花

春になれば葉は枯れ
存在すら消えて
忘れられてしまう

ここに生きている
と誰かに伝えておかなければ
耄《ほう》けているわけにはいかない

ひとと椋鳥と

巨大な球形全体から迸る
大音量に
立ち止まり見あげると
椋鳥の大集合だ
櫟の大木から
声をあげ
あらゆる方向へ忙しなく休みなく
集団で噴き出ては
また吸いこまれてゆく

捕食されることもないから
警戒飛行をする必要もない
ただ秋冬の共用ねぐらが欲しいだけの
この騒ぎは大量の糞は
迷惑なのです
と益鳥だったはずなのに
害鳥にされてしまっている

ひとを恐れることもない
学習することもない
変われない馬鹿鳥と
蔑まれていても
ひとの習性かも知れない
集団の怖さを教えてくれている

あの櫟は切り倒され
薄暗がりのなかの饗宴は
主役とともに消滅
どこに行ったのか
心配するほどでもなかったが
やはりあの声を空の高みから聞いたのだ
送電線の鉄塔のてっぺんにいた
ねぐらには風が強かろうに
寒かろうに

次はどこへゆけばいいのだろう
はぐれ鳥になって
今はない雑木林に帰ろうか

塑性

四角く刈りこんだ海桐花《とべら》のうえから
水仙の花が顔をだしている
線路沿いの小さな遊歩道に群れていた水仙は
南の線路際へとなんとなく移動していたが
ついに入り組む枝の隙間をぬって
突き破ったのだ
浅ましいまでの容赦のない生き方
胸ほどの高さには育っているのだろう

カーテンを閉めても外が見える人は

外の音が聞こえる人は
囁きが聞こえてくる人は
生きるのに没頭している人と
どう違うのか
栄養が足りないせいなのか
つくりだせないでいるせいなのか

とりあえずは頭をもたげて
潜望鏡のように
辺りを見回すことから
始めよう
わずかでも変化できるのなら
どの方向へ進もうとかまわない
停止していなければいい
全能性の細胞を持ちあわせて
いるわけではないから

スマホ片手に

池の周りで
スマホを翳して宙を泳ぐ視線の
鈴なりの人たちが
どうしたのだろう今日はいない
異様には見えたが
いないとなるとなにかもの足りない
散らされたのか追い出されたのか
がらんとして

尚早なのか
猪口咲きの赤紫色の藪椿が見つからない
陽射しは春の冬のままの公園で
高性能レンズ内蔵スマホ片手に
藪を覗きながら歩いていると
監視員が後をついてくる
放っておいてよと
咲き始めた水仙を撮ってみたが

見かける赤い花は
寒椿だったり山茶花だったり
交雑種だったり
きれいに咲いている藪椿はない
つまらないのでスマホをひらひらさせ
振り返ると誰もいない
藪椿の群れを渡り歩いて諦めて

階段を上ると

寒椿だったが
きれいな赤紫色の花を
管理事務所前の植え込みに見つけた
残念な花をしゃがみこんで撮っていると
人の気配がする
事務所の中を覗いてみたくなった

山法師

高さがまちまちのビルに囲まれた
一本立ちの山法師は
スキニィジーンズをはくように
身をよじらせ
細長い隙間に生きている
偶然なのか
誰かが植えたのか
その歴史はあれこれ想像できるが
実生からではないのだろう

坂の途中のビルの四階
半年に一度通っている歯科の窓から
坂下の乱杭状のビル群の上に
のぞいている緑
口をゆすぐ度に挨拶をかわす間柄だ
いずれ息苦しさに死んでしまうかと
見ていたがなかなかしぶとい

動けないのは
生きていることを感じていないのは
生きるしかないのは
変わらないが
その器用さにはかなわない
今やビルの谷間を覆う
帽子になっている

なにものにもなれず
歯を長持ちさせようと
無防備に大口をあけている私
歯医者のマスクのなかの口が
笑っているのではないかと
疑っている

煌めくもの

ピッピッピッピッと
やかましい改札を通過すると
切れ目なく流れる人の部分になる
歩調を合わせる
振り向いてはいけない
止まってもいけない
追突してしまう

乗換えの渋谷駅

井の頭線から山手線への連絡通路は
人、人、人の川だ
足下を見ながら流されていると
輝く小さなものが歩く先に見える
天井から光が射しこんでいるのか
床から光りが洩れているのか
破裂して煌めいている

「救い」のように見つめ続けていたが
大きな靴に踏みつけられて
消えてしまった
金箔まがいのものだったのか
またろくでもない偶然に遭ってしまい
偶然の連なりが今に繋がる
命のようで

上野駅公園口を出ると
円錐形に刈りこまれた銀杏の大木が
俯いて渋い顔をしている
春は巡ってくる兆しはあるのに
流れてばかりでは
名画を観てもただの羅列だ
胸に煌めくものは還ってこない

半夏生《はんげしょう》

半夏ともよばれる毒草　烏柄杓《からすのびしゃく》の
仏焔苞が畦道のあちこちに立ちあがる
天から毒気が降ってくるというこの頃に
田植えを終えなければ収穫が半分になるといわれ
後ろ指をさされないように
その昔百姓たちはいらいらと作業を続けていた
きっちりその時期に咲く半夏生を
横目で見ながら

夏至から十一日目の半夏生*の日に
池の端から迫り出す一叢を見にゆく
今年も誰の手にもかかっていない
無事なひろがりだ

根の浅さを庇うように茎で支え合い
互生する葉は雨に打たれ続けて厚みを増し
まわりの膨らむ緑に引けをとらない
漆喰を散らしたようなべっとりと白い
茎頂の葉はやがては緑色に変化するが
半化粧ともよばれて
花のない時期の異様な白は
点描のように浮いたまとまりとなっている

半夏生の後に来るとされる天候不順を恐れて
雑草の名どころではない農繁期には

ほかより見劣りした田圃にしたくないという
一念だったか
人の心はいつの世も変わりなく
昔はおおらかに時間が流れていたなんて思わないが
白い葉を見る度に季節を順繰りに回してゆく
時間の大きさを思う

久しぶりに半夏生を見ようとでかけたが
草刈り機で一気に刈り取られなくなっていた
人が池に嵌まるのを防ぐためなのだろうが
再生は望み薄だ
また小さな季節が失われてしまった

*半夏生＝七十二候のひとつ。半夏が生え始める頃。

庭草は回帰するのか

今年の春の庭は種漬け花が全盛だ
去年もそうだったように思う
庭草といってもその年に勢いづくものは
毎年あるいは数年で入れ代わる
八重葎《やえむぐら》　酢漿草《かたばみ》　仏の座　犬莧《いぬびゆ》など
いずれも全盛期を過ぎると
きれいに消えてしまう
種は層をなして土のなかにあるはずだが
長い眠りについているのか

まだ戻ってきたものはない

種漬け花の艶やかで繊細な茎や葉
黄の強い緑色が美しく
眺めているうちに
小さな十字の白い花が咲いた
先人たちは
さて種籾を水に漬けようかと
その時期がきたことを判断したという
ほかの草は未だ生えそろっていない
春浅い時期に咲くこの花は
田植えを呼んでいるのだ

忙しく過ごしているうちに
花は小さく萎んで
あっという間に実を結んでしまった

全盛の草の上に突き出た
薄茶の莢が見苦しいので
手当たり次第に引き抜くと
パチッパチッと種が弾け
眼のなかにも飛びこんでくるくらいに
大騒ぎをして
辺りかまわず弾き飛ばしている

最期だから一か八かなのか
地に潜る機会があるのかないのか
回帰する確率の低さなど
注目の度合いなど
そんなことは知ったことではない
ありのままなのだ
傍観している私はというと
実にいいかげんだ

十年まえに全盛だった草の
名すら思い出せない

花のころだけは注目されても
ひとに関わらない
利用されない
生きているものすべては
ひっそりとではなく
精いっぱい生きている
種漬け花がこの庭に回帰するのか
ぼんやりとでも見ていたいが
もし繰り返せたとしても
感激するほどのことでもない

正体不明

公園入り口の夕焼け橋あたりから
艶やかに光る白が見えてくる
あらゆる花のうち最も白い集散花序が
それはみごとに絡まり層をなし
新雪に被われたような
ヒトツバタゴの木
なんじゃもんじゃの木*ともいい
正体不明という意味の絶滅危惧種

久しく「ヒトツ　バタゴ」と信じ
妙な名前だとすっきりしなかったが
ほんとうは「一つ葉タゴ」だった
タゴとはトネリコのことで
トネリコであっても単葉なので
この名がついたという

池の端で人だかりがしている
足を止めると
パンくずを放りあげている人がいる
どこからか小さな鳥たちが飛んできて
空中でキャッチしているのだ
迎撃ミサイルよりも正確に
パンくずひとつ落ちてこない
周りの木の枝には何匹もの鳥が留まっている
諦めが悪いのか楽しんでいるのか

いずれにしても自分には無理だとわかっている
正体不明の人の　鳥の　観衆の静止画像に
捕らえられたまま街へ

ユグドラシルの木は確かトネリコだったから
トネリコ（梣）は外来種と信じていたが
日本にも固有種がありその語源は
「共練濃《とねりこ》（樹皮からとる膠《にかわ》状のもの）」だという

ああまた勘違いと顔をあげると
正体不明の人たちが深海魚の顔をして
こちらに向かってくる
怖いので身構えたが
こちらも同じ顔の
それも勘違いだらけの
なんじゃもんじゃな人生を送っている

お互い相殺ということで
放っておくことにしよう

*関東地方で、その地方には見られない種類の大木を指していう称。

木《き》五《ぶ》倍《し》子変化

切れ切れの黄色い線が
枯れ草と礫混じりの泥の斜面なのだろう
暗いキャンバスに絵を描いている
色のない北風の吹き荒ぶこの季節に
なによりも先に春を呼ぶように
咲き始めた木五倍子の花

離れている私には平面にしか見えない
幹も枝も背景にまぎれていて

黄色だけが浮いている
やがて腕を大きくひろげ無数の花穂を
豪華に垂れ下げるのだが
そう気がつくのに
どれほどの時を経てきたか
薄い意識の見逃してきたものの
豊かさに目眩する
早春の日に

おぞましい肩のすくむ思いを
紙片を引きちぎり
並べていくと
それは青空と白い雲で描かれた
海から大空に羽ばたく巨大な鳥が
暗い空に浮き上がる

《大家族》と名づけられた
ルネ・マグリットの絵の
おおらかに広がる騙しの世界が
謎をかけたまま
いつまでも尾を引いているのは
今になっても消えていない
信じていたものの影を
浮き立たせるからなのか

拠りかかっているものを重ね
私自身を騙せたら
縛られていた言葉から解き放され
立ち位置さえ砕け散って
進まない想いは
今見えている
驟雨のなかをずぶ濡れになって

ゆるい坂を漕ぎ上がる人の
姿とともに消え去るのだろう

木五倍子はやがて葉を繁らせ
変哲もない広葉樹となって
立体をとりもどし
花は実を結ぶ
その実は挽かれて五倍子《フシ》となり
お歯黒の染料として利用されていたという
楚楚とした女房が　御内儀が
すまし顔から笑い顔に変わるさまは
驚愕ものだが
アクセサリーのようなものだったのか

再生

人気のない静かな雨模様の小道に
柳は静けさではなく動き
垂れた枝は重そうにしていても
僅かな風で動き始める

川縁に並んだ四本の大木
強い風の日には枝を振り回し打ちつけながら
ゆるやかに捻れてゆく
だからどの木も直立はしていない

おおらかに騒いでいたころ
信ずる人にその風情を見せたくて
川沿いの小道へと誘ったが
誰の味方もしないと言いはなされ

ありきたりのあなたに
たゆたう柳絮《りゅうじょ》に取り巻かれ浮遊する
大切なものを見せなければよかったと
記憶を封印したつもりでいたが

自身を縛りつけてきたことで
希望のない頼りなげなありさまを
他者の目のなかにつくりあげていたのだろう
水嵩の増した流れに逆らう気力もなく

長い間異国でまどろんでいたような違和感に
起きがけの勢いで柳を見に行ったが
遠近は測りようもなく
流れの様子もつかめない

柳はいつの間にか一本になっていて
二の腕は切り落とされていた
切り株は草に埋もれ
そよぎはもうない

甦る記憶に
思いがけない新たな希望を
生みだそうとしているのか
高みにある虚に欅が育っている

そのまま朽ち果てれば

欅は大木へと育ち
柳も再生するはずだが
いずれ切られるのだろうから
ひと枝を土に挿しておこう
もう私はあなたとは違うと言えるのだから

そこに空き家はあった

はみだす緑に覆われた角地に
小さな二階家が隠れている
のびのびと育ってゆく雑木の
掌にすっぽりと収まり
影絵のように
浮いている

捨てられた
人の息のない家では

無数の虫たちが
元始にもどす営みを
粛粛と続けている
微かな音が
いつも聞こえていた

四季折々の姿をみせる
この家を最期に見たのは
春浅いころ
分厚い枯れ草の下から
深紅の花を咲かせた雑草が
門扉をくぐって道路へ這いだし
踏みつぶされていた

ある日この辺りにそぐわない
派手な看板が立ちあがった

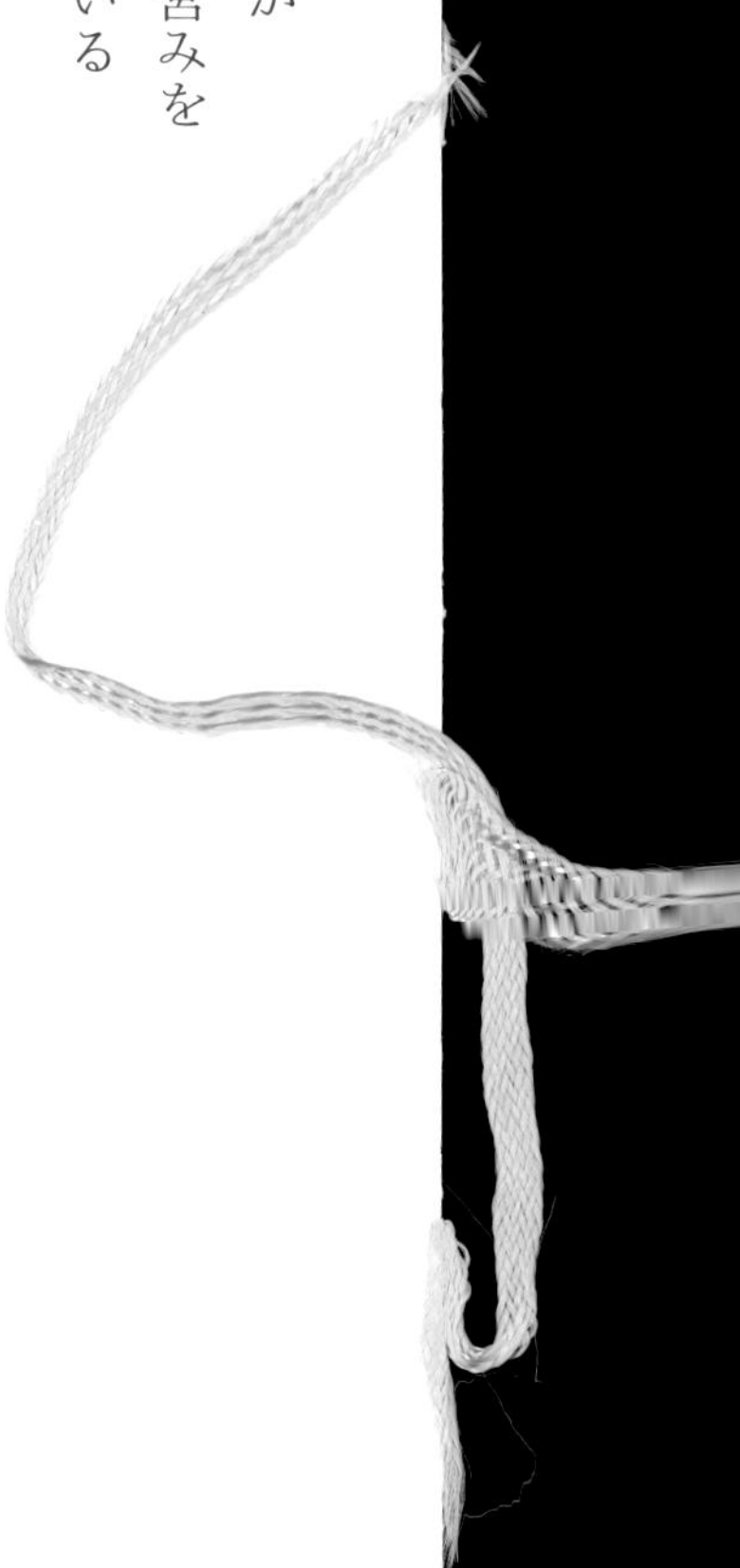

近づくとあの家は跡形もなく消えて
「忘れてよ」と言いたげに
車三台分の駐車場になっていた
どこかで固定資産税を払っている人がいて
姿を見せないまま
無かったことにしてしまった

生きているもの死んでいるもの
すべてはゴミとなって
産業廃棄物処理場に捨てられたのだ
あの虫たちは四方八方に
逃げていったのだろう

駅の広場でデイパックを背負った
右往左往するひっきりなしのひとたちが
蠢く甲虫のように見えてしかたがないので

逃げ出しかけたが押しもどされ
私も虫になって記憶を遡り始めると
あの空き家から
生きたいところに一斉に飛び立って
行ったのだと確信した

嵐の去った森で

粗朶《そだ》様の枝が
敷きつめるように落ちている
いらない枯れ枝を身につけたまま
いじいじと落ち着かない重みを
吹き荒ぶ風が引き剝がしてくれたから
樹樹はせいせいとして佇っている
夏から秋への境目の緑は
陽射しを取り戻したように冴え
青空には斜めにたなびく

真綿を流したような透ける雲

身を削りながら
みごとに借りを返して逝ってしまった人
あなたもこんなふうにすっきりと
佇っていたのだろうか
囁きのなかをあとも残さず
通り過ぎていったのは一瞬だった
曖昧になっていく記憶
いつも聞こえている清冽な流れ
はっきりと立ちあがってくる想い
(そんなつもりはなかったのに)

流れは深い森を背負って
豊かな海へと注いでいた
その汽水域を若い鮎が

矢のように
群れをなして遡っていく
やはりあなたはニンフのようなひと
水中の岩の陰にも河原の叢にも
視線の先先に
見え隠れする不明の心
(あるがままでいたかったのか)

河原で粗朶を燃やす
流れの音に枝の弾ける音が重なって
それだけのことなのに
ひとが壊してしまった森の奥深くまで
反響するようで
それでいて奥深くの
どこに棲むひとにもある
失ったものを懐かしむ素朴な行為に

煙が眼に浸み泣き笑いして
あなたも森ももう帰ることはないのだから

もうひとつの世界

遣ってくる人を避けて路地を曲がる
人のいないほうへいないほうへと
迂回したり顔を背けたり
やはり古い疎水脇の道にでてしまう

反対側の斜面にひろがる雑木林の隙間から
低い西日が鋭く目を射る
木木の影を飛ばし飛ばしついてくる陽射し
フレアに囲まれた中心は痛い青色だ

自転車の影が私の身体を通過する
ジョギングの人たちが通り過ぎる
散歩の人たちも通り過ぎる
圧倒的な質量の大きな太陽が沈んでゆく

それぞれに何かしらの居場所があって
それぞれに記憶のなかの偽りのないもうひとつの世界がある
私は木木に同化し佇むことに今没頭している
ねぐらに帰る鳥たちの囀りも聞こえない

居場所に戻ろうと道を急いでいると
掠りそうに通り過ぎる単車の風圧に
約束を交わした人の「そういうことじゃないんですよ」
という白白しい言葉が立ちあがった

怯えながら生きているというほどではないが
今年の石蕗《つわぶき》は菊様の花をよくつけているのに気づく
夏の強かった日差しのせいなのだろうか
今日はひとりも知った人の顔を見ずにすんだ

アウトバーンの先に

ベルリンから東へそして南へと進む
アウトバーンは高速道路ではなく
街の道路に繋がる通称「早い道」
ガードレールはほとんどなく
盛り土なし切り通しなしトンネルなし
平坦な大地を切り取り大きくうねっている
どこまでもひろがる牧草地そして森
変わらない風景のまま
チェコのポーランドのオーストリアの
車がトラックがトレーラーが行き交い

緊張のスピードに眠気を催すこともなく
隣の国の早い道へと突入してゆく

ここはもうプラハ
看板の文字は判読できないがおそらくプラハ
片側一車線の早い道だ
通ってきた緩やかな山道は
ズデーテン地方だった
崩れた石の家が目立つのどかな山村の道に
かつて兵隊がタンク（戦車）が入り乱れ
追い立てられたドイツ人が東ドイツへと
死の行進を強いられた道を
あっという間に通り過ぎた

七〇年もあっという間に通り過ぎ
正体を隠したままのリーダーに

熱狂してしまった結果を
誰ひとり忘れてはいないが
隣の国へと隣の隣の国へと道はひろがってゆく
延延と今へと

観光客でごった返す
高い丘の上のプラハ城　聖ミクラーシュ教会
見下ろす街中を蛇行するヴルタヴァ川
強い陽射しに晒され歩き疲れて午後八時
この時間にも営業しているケバブ店にはいった
メニューを見ながら話していると
浅黒い小柄な店員がやって来て
「日本語ですね懐かしい」と

彼はインド人であること
新宿三丁目で三年間働いていたこと

その後三年間ドバイにいたこと
そしてここに来たことなどを
よどみなく日本人のように話し
カウンターに戻って大きなケバブサンドを
どこからともなく現れたふたりと
真剣な面持ちで作り始めた

きっと語学センスがあるのだろう
多分ヒンディー語に英語、日本語、アラビア語、
そしてチェコ語とまるで言語コレクターだ
空にも道はあった
仲間のいる場所へと
縦横無尽に国を越えて移動している
人たちがいる
生きるために
今日は締めくくりのいい一日だった

ヤヴォルの平和教会

（ポーランド　ドルヌィ・シロンスク県／旧ドイツシュレージエン州）

路肩に駐車し辺りを見渡すと
道路をはさんで
黒々とした照葉樹の生い茂る一角がある
背後には三階建てのアパートが建ち並び
窓に寄りかかりぼうっと外を見ている
下着姿の老人がいる
第二次世界大戦後にドイツ人を追放したここへ
幼い頃ソ連邦となった地から強制移住させられた
ポーランド人なのだろう

今は年金生活者なのか
またアジア人が来たというところか

道をわたり教会はたぶんこちらと暗い小道をゆく
木骨造りの大きな建物が現れる
どうやら裏手から来たようだが
森の中の館城のような佇まいだ
尖塔もなく十字架もない
乾いた落ち葉が積み重なる雑然としている庭
礼拝も行なっていないただの歴史遺産なのか

宗教戦争ともいわれる三十年にも及ぶ戦い*が終わり
カトリックを信仰する時の皇帝に
「平和教会」の名の下に
新教教会の建設が許されたというが
プロテスタントは認められたものの

まだ国の体をなしていなかったドイツは
国際紛争の主戦場となりひどく荒廃したという
平和教会は平和の象徴とされるが
血みどろの戦いの結果でもあった

正面の大きな扉は歪んでいて動きそうもなく
その横の小さな入り口からはいると
見あげる高いカウンターに老人が座っている
無表情で「ジャパニーズ？」と聞くので
「イエス」と答えるとスイッチがはいり
音楽つきの日本語での解説が鳴り響いた
「平和」という言葉が好きな日本人が
大勢やって来るのだろう
思いがけず
貸し切りの見学になった

祭壇を背にして堂内を眺めると
オペラ座のような座席
その一段ごとにぐるりと展開する宗教画や紋章
彫刻が施された祭壇　説経台と
なかはバロック様式の豪華な設えだ

「平和」は望んでも続かないものだと知っている
ポーランド人とドイツ人が協力して
修復にあたっているというこの平和教会は
どちらの国のものという範疇にはないと思いたいが
どちらも自分たちのものだと思っている
戦争はもうしないと決めたうえでの緊張関係が
平和を保っているのだろう

＊三十年戦争（1618～1648）＝ボヘミア（ベーメン）でのプロテスタントの反乱をきっかけに勃発し、神聖ローマ帝国を舞台にヨーロッパ諸国が参戦した国際戦争（ポ

ーランドは参戦していない)。「人類初の国際戦争」、「最後の宗教戦争」などといわれている。その伏線には統一ドイツを目指すオーストリア(ハプスブルグ家)とそれを阻止しようとするフランス(ブルボン家)の対立があった。ウェストファリア条約によって終結したが、神聖ローマ帝国は弱体化。ドイツは三〇〇もの領邦国家が確定した地域となり、ドイツの近代化は一〇〇年遅れたといわれる。フランスはアルザス地方を、スウェーデンは西ポンメルンを獲得。スイス、オランダの独立が承認された。

冬至祭り

花もようの刻まれた
真鍮の帯が一周している銀色の箱に
出入国スタンプが捺されている両親の旅券と
大量の絵はがきがはいっている

幼いころ絵はがきを絵本がわりに見ながら
異国の風俗や風景　名画などを眺めては
特別な時をすごしていたが

鮮明に記憶に残っている一枚では
ふくよかな北欧の若い女性が
白いドレープのドレスに赤い帯をして
頭に蠟燭の炎の輪をのせて
微笑んでいた

あの炎の輪はなんだろうと
気になってはいたが
あれは太陽だった
長く陰鬱な日々を耐えぬいた末の
太陽が再び昇る日を願う
冬至祭り（ユール*）であることを知った

ナチのドイツ第三帝国が崩壊し
大日本帝国も崩壊し
シュレージエンの母の故郷は地図から消えて

帰るところもなく
否応なく日本に定住するはめになり
戦後の生活苦と
異国の人たちにいたぶられる日々に
玉川上水の激流を橋の上から
じっと眺めていた姿があった

銀色の箱のことはすっかり忘れていたが
母は忘れてはいなかったのだ
それは再び昇ることのない
沈みかけた太陽だったのだろう
夕日に佇む自尊心だったのか
最期の言葉は「よくがんばった」と何回も
自分に言い聞かせていた

母の泣いている姿を見るたびに

可哀想で苦しく悲しかったが
ここに生まれてきた子供たちも可哀想ではなかったか

＊ユール（ｊｕｌ）＝冬至の日の十日ほど前からのお祭り。四世紀にキリスト教教会によって、冬至の日がキリスト生誕の日と決められた。その後土着の宗教はキリスト教に取り込まれることとなった。北欧では今でもクリスマスのことをユールという。

鰯の頭も信心からとは言うけれど

坂の下の大野さんちの戸口には節分を過ぎても
柊の枝に鰯の頭が挿してある
幼かった私には異様な物としか映らず
鬼が戸口から入ってこないための
厄払いだったとは思いもしなかった

大野さんちのおばさんは明るくおしゃべり
誰にも分け隔てなく接する
間《あい》の子と蔑まれていた私のような子供にも

気持ちの良い人だった
日本人にもいい人はいるのだと
何度となく言い聞かせてきたが
真っ先に思い出す一筋の涼風のような人だった

東京大空襲で焼け出され
下町からこの郊外に移り住んで来たという
頷くだけの寡黙な夫と
私より年上の三人の子供の五人家族
夫は日がな一日油に塗れてねじを造っていた
子供たちはいつも不機嫌そうで
私を見ると坂の上の洋館の子がなんで
こんな家に来ているのかと
一瞥して家のなかへと消えていった

波打つ畳の二間の借家でどう暮らしていたのか

そんなことは気にもかけず
ただおもしろいのでおばさんについてまわっていた
借金取りへの応対や家賃の延納の交渉とか
それでいてお隣のさらに困っている家におかずを運ぶ
そんな毎日を送っていたが
どこかでこれ以上の不幸はないようにと
祈っていたのだろう

坂の上も坂の下もなく誰もが貧しかった時代
母に柊と鰯の頭のことを聞いたとき
興味なさそうに「しらない」とひと言だけだった
節分の豆まきをした覚えもない
鬼ってなんだろうと未だに判らない

鬼は丑寅の方角に住んでいて
牛の角と虎の褌と決まっているが

ほんとうはひとの心に棲んでいるのではないか
ひとに向かって豆まきをしたほうがいいのではないか

一枚の絵

ヒマラヤ杉の根元に
代々の飼い犬がとろけている
一抱えもあった木の幹は
切り株となり蘖《ひこばえ》もなく
今は剝がれながら崩れて

緑色のとんがり屋根の洋館の前に
ヒマラヤ杉が聳えていたころ
二階の窓に座り

坂下の細長い湿地から駆けあがる
麦畑のいっせいの穂先の波を
春の風を見ていた
その向こうには菜の花畑
遠景には玉川上水縁に帯を引く桜の花が
空を染めていた
春の色はそのまま滲んで
記憶のなかの一枚の絵になった

犬たちの墓の前で大樹を仰ぎながら
私はずっとここにいるのかも知れないと
閃いてから
緑色の瓦の欠片を庭で見つけたとき
人の嫌らしさにたじろぐとき
あの風景が立ちあがるのだ

湿地は消え次次に畑も消え桜も消え
今は住宅密集地
上水の激流は淀んだ流れとなり
以前のままなのは坂道だけ

父も母もとろけて私も
いつかとろけて
記憶のなかの絵は
舌にのせたアイスクリームが
とけるように甘く冷たい余韻を残したまま
消えて無くなるのだ

個人的な弔い

暗いのでスイッチを押すと
黒光りする狭く急な階段が浮かびあがる
どこまで続いているのだろう
鼓動が激しくなって
降りていくしかなかった
やがて漆黒の闇のなかを両手を広げて
どれくらい下ったか
音もなく隧道の出口に立っていた
「怖い階段を降りてきたのよ」と

誰かに話していた

妙な夢を見た日に
古着を詰めたいくつもの袋が
あの方の家の戸口に積まれ
収集車を待っているのを見た
逝ってしまわれたのか
古い時代の人なのにはっきりものを言う
ただひとり私の味方をしてくれた人

会釈を交わすだけの息子に
「お祖母様は亡くなりましたか」と
聞くこともできず
「残念です」
とも言えず
それっきりあの方は消えてしまった

少年の姿で敗戦の朝鮮半島から
ひとりで逃げ帰ってきた人だから
潔いはずだから
黒い階段を降りていったはずはない
白い布を翻し
飛び板を蹴るかのように透明な水に還っていったと
想いながら揺らめく蠟燭の炎を見つめて
暑い夏の終わりを感じている

鉄風鈴の音色

もうだめかも知れないと
知らせがきて
玄関に急ぐと　足下に
母の愛していた
鉄風鈴が音を立てて落ちた

病室にたどり着いたときには
妹とやるせない面差しの二人の看護婦が
無言で立っていた
そして静かに横たわる母

外にいてくださいと言われ
廊下に出ると
妹から最期に母は私に会いにいっていると
わかったはずだと告げられた

軒に吊していた、大事な瀬戸物の風鈴が落ち、割れてしまったことがあったのを覚えている。鉄風鈴を集めるようになって、階段の手摺りの上に形の違うものを幾つか下げていた。異文化に包まれ、娘たちと必死に生きてきた母は、短冊を揺らしては音色を楽しんでいた。

出窓に遺影を立て花を飾り
蠟燭に火を点して祈りを捧げるとき
最後に必ず鉄風鈴を打ち鳴らす
その音色は教会の鐘の音にも似て
一瞬の双方向の疎通がなされる

あとがき

母を失ったとき、私を守ってくれていた衝立のようなものが一瞬で消えてしまい、寒々とした思いに駆られました。それは母が日本に来たときから延延と続いている近所の人たちの集団苛めが、母の家を継いだ私に今度は降りかかってくるためです。母は外国人として、子供たちは間の子として苛めてもいい存在だったようです。国籍は日本国ですし日本人として生きなければならない境遇にありましたから、日本人なのに日本人と対峙しなければならない、情けない思いから矜恃のようなものも生まれ、それが家族の支えにもなっていました。

私の記憶は戦後何年か経った頃からだと思いますが、近所の人たちが私たちを見ると薄ら笑いを浮かべ、ひそひそ話を始めるのを覚えています。また「親戚」という言葉は苛めをする人のことをいうのだと擦り込まれました。苛めの中心人物が隣に住む主婦（叔母）だったからです。嘘を言い触らすことから始まり、その家族全員、近所の主婦たちと、次々にその求心力に嵌っていきました。今思えばストレス発散のための楽しみだったのではないでしょうか。日本人は同調しやすい国民性だと今でこそ言われるようになりましたが、苛め文化はおとなしい日本人にとっての必要悪のように感じます。